JN181354

昼の夢の終わり

江戸 雪

Edo Yuki

書肆侃侃房

昼の夢の終わり＊目次

装幀・写真（カバー）　毛利一枝

昼の夢の終わり

白雲

すでに春　陽は水飴のように射しデイジーデイジー白や黄色の

きっぱりと一直線に飛んでゆく燕(つばめ)は空を愛しているか

またあえるかもしれないと白雲を見上げる春の長堀通り

花があるその下にひとはスカーフをなびかせ時を見送っている

むらぎもはしばしば痛み風の音がプロペラのごとからだにひびく

うしなった時間のなかにたちどまり花びらながれてきたらまたゆく

わたしだけ知ってるいのちひとつある真綿のようなそのことを抱く

身体が朽ちていくのがこわいのだ川面のつよいつよい光よ

雨の夜に都会のさくらくらぐらと赤信号に照らされている

生きるとはゆるされること梔子(くちなし)の枯れゆくようにわれは病みたり

白雲がとてもまぶしい春の日にあなたと椅子を組み立ててゆく

まどろみのなかで見上げた青空がきみの心のようにおもえた

万緑よあなたはすぐに忘れるからもう一度言う生きてもいいよ

肋骨のかたちの雲とでこぼこの菜の花を撮った。そしてあなたと

ミモザ咲く

旅さきの窓が朝の陽みちびいてうつしみはただ葉のようにある

咲きながら落ちながら呼びあうのだと侘助のはな霊園に立つ

南仏にミモザ咲くことタクシーを待ちつつ君とはなす夕暮れ

どの春もいまは遠いよさえずりをあびてあなたと川の辺にいる

川の辺を群れ咲くはなの水仙を見ている眸(ひとみ)、春の秀(ほ)となる

川べりの雲がひきはがされていくそれをかなしむひともいなくて

眼を病んでいること知らずわるかった　旅のおわりに椿は濡れて

春の川つよく流れていた今日を微笑みにして胸にしずめよ

なぜ涙流れたのだろうながすたび咽喉にとろりとやさしさがきて

カーディガンたたむ　あなたがゆっくりと歩いてくれたことをおもった

木津川安治川（きづがわあじかわ）

南方（みなみがた）より中津まで地下鉄は窓を鳴らして淀川わたる

キーという重たい鉄のかたまりに油はおびて運ばれていく

さびしさを摑んでそして突き放す安治川に陽がつよく射すとき

のんのんとわたしのなかに蠢いている大阪よ木津川安治川

まよなかの大渉橋(おおわたりばし)はわれひとり渡しふたたび空っぽとなる

黒揚羽

陽を揺らすスズカケノキのそばに立ちはげしさばかりもとめた日々よ

悪いこと起こった日にはテディベアの置き場所かえてほなまたあした

曇天のはがれたように黒揚羽くらりくらりとただよっている

海辺にて言った言葉のおおかたは消えたよ風の速度をもって

もし泣くとしたらひとつの夏のため　ほそいベルトのサンダルを買う

紫陽花の道

青天のひろくまぶしき　白百合は機械のように花びらひらく

炎昼はおおきな翼ほしくなり風吹きぬける橋をわたった

猫の時間わたしの時間が交差するガクアジサイの群れ咲く道に

はつなつの葉は揺れやまずやさしさはときどき我をひとりにするよ

溢さない涙が首に溜まりゆき皐月水無月ドクダミが咲く

部屋にあるジュネの肖像わたし今じぶんの顔をおもいだせずに

あじさいを憎しみの花とおもう日も千代崎橋をほとほと渡る

安治川の風はしばらく鳴っていた小さく窓を開けてねむる夜

夏服

あといくつ夏はあるだろう淀川のぶあつい水のそばに佇ちつつ

この夏は鈍感になろうこの夏がすぎたらひとつ臓器を喪くす

そんなんとちゃうねんちゃうねん笑ってるわれの涙をぬぐう指先

からだだけ運ばれてゆくような日はホタルブクロや雲と出会うよ

夏服の青のステッチわたしにはたったひとりで行く場所がある

ちらかった部屋が鏡にうつっているああ夕暮れにそまる鞄も

夕暮れの空につばさの烈しさの限界みせよ鳥であるなら

みんなみんな蓮を見にいく七月のぬるい真水を盥(たらい)に張った

いつだってかんせつ的に知らされるほんとうのこと合歓の木繁る

満月は明日だろうといいながら月のひかりが皮膚にながれる

真夜中に干すブラウスのデイジーがひんやり空へ飛んでゆくよう

ワタスゲが川辺に咲いていたことを君から聞いている雨の朝

想像する遠景それは水門であなたの後ろすがたもありぬ

北浜のインド料理の店までのとちゅうで雨が降りだしていて

昼すぎの村雨の後ふいに射すひかりよそこにうつしみ立たす

打合せ終えて初夏しばらくはひかる堂島川を眺める

栴檀木橋（せんだんのきばし）うつくしそれゆえに渡ることなく時は過ぎたり

むらぎもを遠く感じている夜は驟雨に濡れる樹のごとく寝る

いつからか思い出ほしくなくなって団栗拾うこともうない

ストライプの日傘をさして川へゆくときどき風が胸をぬけつつ

夏長(た)けてわれには生きたと言える時間どれくらいある黄(きい)の菜の花

坂道

月光よやがて逢えなくなるときもきみをやさしく照らすだろうか

紫陽花がきれいやなあときみがまたあのビア・バーにくると信じて

ふみづきに買ってもらった夏ぼうし鍔ひろやかに陽にすけている

生きているということなのだクロユリを風が揺らしているこのときも

夏茱萸(なつぐみ)をつぶしたしぶきスカートに滲んで夜のなんという深さ

漆黒のぶどうひとつぶ口に入れ敗れつづける決心をする

差別するこころの弱さ月はいま丸く小さな孔(あな)となりたり

月輪に向かって歩こう記憶とはつよくあるため刻まれるもの

ビル街の裾をはしっていったまま自転車やがて空へ帰りぬ

大丈夫といっていってと眼球をすきとおらせて鳥鳴いている

空、これが嘘だとしてもいつの日かわたしは身体をうしなっていく

結論は自分で出せずふらふらと鶏頭の辺にたちどまりたり

いちはやく秋だと気づき手術台のような坂道ひとりでくだる

ブラインドひりひりひりと鳴り昼すぎの思考をふかく胸にしずめる

サイレンが遠く聞こえる昼すぎに枯れ草色のクリアファイル買う

よみがえることおもわせて秋の陽やこころはハンドタオルにたまる

エレベーターホールの冷えた空間に小さな虫は自由に飛んで

夕光はいつかわたしにおとずれる痛みのように部屋にあふれる

帰れ帰れ

むらさきの濃ゆき葡萄よとりもどす原野はあるかこの手のなかに

なんでなん問いはあるとき絶壁の白雲となり胸をつらぬく

てのひらで身体をそっと洗う夜を風呂場の小窓ひかりをはなつ

とどかない場所あることをさびしんで掌はくりかえし首筋あらう

ひったりと痛むからだを立たせつつクリーム色のカーテン開ける

枯葉からにおいくる土そんなふうに自分の不安に気付いておりぬ

半分はだれかのものであるような身体横たえ体温はかる

笑い声とびらの前を過ぎたあとベッドにわれは雲の絵を描く

来るひとはみな美しくほほえんでこの世の時をくっきりまとう

われは今どこの時間のなかにいる　黄色い薔薇が窓辺にまぶし

病院のベッドに眠る夜がまたきたのか空も見たくない空も

来たひとに帰れ帰れと言ってしまう夜か昼かもわからないまま

はずかしくなってそれから秋空に鱗雲さわさわと広がる

御嶽山噴火がテレビに映されて痛む胴体横たえており

ここにある微熱のからだ息をすることに心をかたむけながら

秋の橋　下流ばかりが眩しくて柩のような舟が過ぎたり

からだを起こす

しみしみとからだは痛みになれていく光るつくよみ見上げたりして

山茶花のようなひかりを浴びていたカラスはくろいままに飛び立つ

ハシボソが可愛らしくてどないしよ陽のやわらかい公園に居る

ブラインドの光の芯が朝朝にゆるみてわれはからだを起こす

いかせられへん

冬の日に香の焚かれる魚屋のてっさ冷たくすきとおりゆく

ヒメツルソバ夏の道辺に広がっていたこと冬のこころにおもう

鉄と鉄擦(す)れることなく銀いろのエレベーターの扉がひらく

このひとはそんなんとちゃいますねんて戦争とかにいかせられへん

枯れた葉が散りしく靫（うつぼ）公園の誰もが空をみている夕べ

秋ふかく風はときどき向きを変えなにわ筋いまはげしく黄金

はてしない秋の浪費よ　くれないもおうごんもみな水にしずんで

双眼鏡のなかに夕鳥渡りゆきあなたとかわるがわるにのぞく

歩き神（ありがみ）

西窓にはりつく雨がかなしくてでもほんとうのかなしみじゃない

もしここが原子力発電所ならつばさをたたみ雲となる鳥

マンホールに「おすい」を見ればおもいだす場所のあること誰にもいわず

むらぎもに苦しめられて雨傘を雨にさしこみながら歩いた

いったい何を浄おうとして　ひいやりと湧水はあり底があかるむ

あまたの雨あまたの空が過ぎてゆく地にくれないのつぶれた椿

やけくそになってすわれば淀川の土手はくまなくかがやいていた

さみしいと言ったらもっとさみしくてバルサミコ酢にキャベツをひたす

肥後橋で待ち合わせして胸もとに力点を置きしばらく歩く

天窓のようにさびしい死者のため階段ぽつりぽつりと上る

寿命とは　ひかりの充ちる朝われに両手でおおう顔のあること

おみくじは半凶だったからからからと雲の上には歩き神いて

すこしの時間

さびしさとかかわりもなく風花はみえるかぎりの青空を舞う

砂丘にも空にもそしてわたしにも傾斜はあって光ながれる

冬の朝さざんかほどにともす灯のもとで二通のメッセージ読む

きさらぎの朝に消された門灯がつめたくなってゆくことおもう

けさ冬を敷布にくるんですててきた　人にはすこしの時間しかなく

近くにも遠くにも菜の花の咲く場所があるという　スカートを脱ぐ

うとうとと夜空の窓を見ていた日ひとの身体は縫えるのだと知り

安治川の水位があがる雨の日はかわく小石のごとくにねむる

山茶花（さざんか）のひとつが咲いてその白さ冬のあしたの右手にくるむ

ストーブを消して静かな窓の辺のわれに残りの時間ながれる

あさがおの素描かざってある部屋のドアにうっすらノブの影ある

ひきだしが引き出されたまま水仙の一筆箋に陽がさしている

電話してほしいとメイルにかいたあと瓶にのこったアーモンド食む

門灯は過去（すぎゆき）のように消えのこり朝の舗道にミモザの揺れる

降る雪にあしたの傘をかたむけて境界線のような道ゆく

大阪のおばちゃん

てくらがりに光とどめる行為さえひとりよがりとひとに言われる

ベランダにシーツを干したままの夜はアリアのような風の音聞く

われはもう何もなくなった草はらだ時は背骨を流れているが
大阪はわたしの街で肋骨のようにいくつも橋が架かって

おしゃべりな大阪のおばちゃん三人が通りすぎゆく薔薇園の薔薇

唐突に古い階段とり去られ回送列車のように二階は

ねむりぎわ遥かに雨をきいたこと濡れた椿を見ておもいだす

砂漠の雪

いまどんな横顔か千種創一よ遠い砂漠の雪を写して

昼の夢の終わりのように鳴く鳥のその音階のなかにたたずむ

三月の雪もうじゅうぶんにくるしんだ受けとめながら川まで歩く

水の面のさかさまのビル輝いて言うべきことはそんなになにもない

夜のふちというべき無人のエレベーターするどい光を放って開く

雨の日は楠が冷たくにおいきて打ち寄せられた舟となるわれ

堤防に鉄のはしごは張りついて目眩しながらのぼりゆく春

東横堀川（ひがしよこぼりがわ）

褐色の土をのせたる舟が来てはるのまひるの平野橋過ぐ

窓からは東横堀川見えて水面は舟に裂かれたりする

このあたり秀吉が文を捨てた場所ふるいガラスの皿をあがなう

分かれてはまた重なってゆく水よ川には川の時間があって

風やがて雨となる日の楠の大きな翳り、翳りは揺れる

どれくらい見ていただろう早春のつめたい雨に濡れているベンチ

ざぶとんになろう

馬場町(ばんばちょう)からゆるやかな坂くだり川につくころ春の雪降る

淀川の水仙の香がいつまでものみどに匂い冬が去らない

若さとはざらつく樹皮のようだったその思惟のなか沈丁花におう

ざぶとんになろうあなたが疲れたらあほやなあって膨らむような

背伸びして蕾のいろや川のいろ覗きつつまた春を待ちおり

チューリップの蕾ふっくりふくらんであなたに春のゆううつきざす

鉄工所の嫁

溶接の工場のまえにすっくりと真白き薔薇が咲いておりたり

つらなりて町工場あり紺碧のおもりをひとつずつ抱くように

シャッターをあければ熱い風がきて階段に沿いのぼりてゆけり

「バフ研磨」と工場のすみに聞きながら毛並みきれいな獣をおもう

3ミリのボルトは箱にしゃらしゃらと風呼ぶように擦れあっている

そんなもんできるかあ、なあ、ぼやきしのち仕上がっており試作ボルトが

船具屋のふるき看板のこりたり玉船橋の信号のそば

夕暮れはやさしい器この町の道は油がしみこんでいて

後ろからきたる驟雨ににおいたつ鉄を運べり軽トラックは

鉄工所の嫁が短歌をと記事にせし新聞記者をながく忘れず

工場のシャッターきしみつつ閉じぬ雨と夜のみそこに残りて

近畿大学西門

日本語の表現についての授業ですカーテン濡らしぬるい雨降る

ぐらぐらと塚本邦雄も立っていた近畿大学西門の梅

逝く春の午後の階段教室に潮騒をよぶイメージで立つ

遅桜こたえはひとつではないと眠る学生にいくたびも言う

「おちかえる」という句にじっとこだわりし数日ありて鶯の鳴く

痩身の青い自転車すれちがうときは光の交換をする

台所にセロリはありぬ天をゆくアキレス腱のようにひかりて

君の骨盤

うどん屋でもらった飴がしばらくはかばんのなかで指に触れくる

冷蔵庫のひきだしにある水色の目薬ことしは海へ行こうと

手を繋ぐことなくなりて春さきの下流へむかうふたつぶの臍（へそ）

くびすじへとどく陽射しよひとづまのわが恋歌は夏雲のよう

君のシャツおおきくめくれ風景にふくまれてゆく広き背中よ

横にいるわたしはあなたのかなしみの一部となりて川鵜みている

膝の上を陰のうごめきだすまえにひそひそと葉の擦れる音せり

やさしさがさびしいだけの時があり鳥よひかりのごとくはばたけ

ひたすらなやさしき指を拒みたり春のトンボが息のごと過ぐ

階段をさきにのぼっていった君かなしみ見つけたようにふりむく

さらば春まぶしき道をえらびつつ川まで行けり硝子色の川

川べりに苺を食みて酸っぱさはくちびるにあり雲を見送る

ふたりして触れしそののち忘れえずひとり見にゆくハンカチの花

傘さして細き舗道をいく君の骨盤とおくとおくにおもう

きわまりて声のかすれるそのときに言葉はもっとも美しくある

とろとろと雨ふりつづく夕方はいちじくの木をちかくに感ず

ゆっくりと言葉は声に撓うゆえ触れてしまったひとひらの頬

堂島ビル

うらがえりうらがえりして花びらは堂島ビルの入り口にあり

春の夜に環状線の内回りそれにずれつつ外回り過ぐ

プラタナス「ほなまたね」って別れたりそしてざわっと動きだす川

中心に触れる

なんやそれ、君は笑えり青空にさくらが充ちて怖がるわれを

さびしくてもう松ぼっくりになろうかな土佐堀通りをしばらく歩く

ひりひりと希みしものはなんだった春キャベツかるく積まれておりぬ

沈黙というかがやきのなかに咲くモクレン属の白木蓮は

陽の射せる窓辺に脱いだブラウスのような花びらチューリップなり

指さきで何度もタップする青はきみと仰いだ三月の空

ぎしぎしと差し込む鍵のしろがねは中心に触れひややかなりぬ

時間と淀川

蒼き水を淀川と呼ぶうれしさよすべてをゆるしすべてを掴む

大阪は神さんようさんおるからに夜も朝（あした）も川のきらめく

川が吐くひかりはときに青くなりやはり「今」しか生きられなくて

土手までの階段のぼりきりしのち息なまなまとゆれるゲンゲソウ

われにのみ聞こえる音もあるべしと淀川に沿うレンゲに触れる

あんたはんどこにおるんよ春さきは黄いろい花の咲く帰り道

昨日という時間にわれはもう居らず淀川に沿う葦がそよげり

葦原のなかにひびける虫の音へ耳をすませば泥のにおいす

葦はらに鳥はもぐれりくやしくてかなしいときは笑っときなはれ

ホオアカのさえずり聞こゆ川べりに生も死もみな空の上なり

きっぱりと列車は橋をわたりゆき川のすべてが夕暮れとなる

川土手に夕風はきてひうひうと帽子の鍔を鳴らしてゆけり

淀川をわたってもどって夕風は葦のにおいのわが声となる

阪急電車

いわばしる箕面ビールの瓶が鳴る春のまひるにハンドルきるとき

曇天とわれのあいだに垂れている藤の花ぶさあるいは闇が

しらふじを潜りむらさきふじ過ぎる春のおわりの影は湿りて

春の日はしずかで藤のはなぶさは咲くよりむしろ泣いているよう

まよなかのライトのなかにうごめいて雨は千代崎橋に降りおり

傘立てに枯れいし傘の持ち主はどんなまよなかを歩いているか

思い出はまっすぐ抱いていてはだめ阪急電車に肩を揺らせり

忘れゆくわたしであるよ眼のなかに六甲山をとじこめて寝る

あまい日もにがい日もある　静謐なじゃぐちを濡らし水は噴き出る

梅雨

白い雨　うなずくひとと話すひとその背景に降りつづけたり

錯覚のようにキバナコスモスは急カーブの弧のなかに揺れいし

水のなかそよがす足に集まってくる光ありそれはかなしみ

水無月は青い時間といつからかおもいておりぬ麻かばん抱く

雨の夜の昭和橋にて転びたり川に映りし月に呼ばれて

ほつほつと机に箸を並べゆく少しく春がのこる夕べは

谷町線

夏澄みぬ孤独を恋いているわれにひらきっぱなしの耳がありたり

昼深く谷町線はむらさきでなにわおとこが花束運ぶ

ひえびえと地下水脈をゆるがせし谷町線に咳をしており

さびしさのおもむくままにひんやりと風は膝へと吹いてきたりぬ

私的大阪さんぽ

昼食の席から大きな楠が見える。

ふかぶかと夏を待ちおりクスノキの透けたる東横堀川は

なんといっても自転車が気持ちよい。

わいわいと山を運べる顔をして自転車に乗る　さびしい朝も

曇天に本町通りのゆるき坂ゆけば東に水のにおいす

東の果てに大坂城がある。

梅雨いまだ明けきらぬ朝ゆらゆらと大坂夏の陣の青葉よ

たった４００年前のことなのだ。

大坂城外堀のそば。

スズカケに呪文をかけているように葉叢(はむら)のなかで鴉は鳴けり

大坂城は天満橋駅からすぐのところ。

天満橋からつづきたる坂道は岬みたいな上町台地へ

自転車が濡れておりたりいうなれば叫び続けるわがこころなり

ときに自転車と一心同体になる。

橋が見え橋をわたりてゆく昼にこめかみの汗を指にぬぐえり

橋を渡るときは自転車を立ち漕ぎする。

川口教会の裏あたり。

旧川口居留地に紅の紫陽花がひかげをあまくさせて咲きおり

安治川河底とんねる。エレベーターで地下深く下りるのだ。

安治川を感じて歩け川底をゆく隧道の奥に聞こえる

土佐堀川にかかる橋のなかで錦橋がいちばん好きだ。

土佐堀川の流れの上を人はゆき車はわたりまぶしさのなか

六月には大きな茅の輪が置かれる。

雨水に透けし傘さし過ぎるとき御霊(ごりょう)神社に茅(ち)の輪見えたり

水晶橋わたって蕎麦を食べに行く夏至のあおぞらゆるゆるとして

裁判所のそばにある。

いいひとになりたいのんか渡されたクリアファイルが腕にはりつく

見透かされ、

梅檀木橋の上で待っているあんなに怒ったこと悔いながら

この橋も土佐堀川にかかる。

淀川の縁にて食める焼きそばのああかつおぶしが飛んでいくがな

風の強い日。

帰り道。

あついあつい夏日の果てにじっとりと回収されざる芥袋(ごみぶくろ)あり

小庭。

草むしりする土ようびの麦藁帽さびしい土地のめじるしとなれ

透ける冬瓜

そこはかとなき力湧き我が打ちぬゴキブリよ土地よ明日は雨なり

髪すこし濡らしにゆけるあかつきの風呂場に小さな水溜まり見ゆ

階段を素足でのぼりゆくあした足指すべてに力こめつつ

おそれつつ朝ごとに割る生卵けさはかすかな羽が付きいる

昨夜みた満月ほどのまめ皿に透ける冬瓜ひと切れのせる

一生はみじかく眩しスリランカ人ロッダ兄弟のカレーが好きで

まっしろなさるすべり咲くこの夏に百万本の日傘見送る

誤解

誤解されだめになりたる関係を舟のようにもおもう窓辺に

きざはしは腰をおもりにして登るのぼりきったら夕空がある

屋上にひりひりさらすこの耳を嫌った彼女うつむきがちの

ひよどりの声がふちどる屋上に錆びつくパイプの椅子を広げる

サンダルをぬげば戦げる草になり夏のはじめの熱を吸いたり

どこまでを蝶はのぼってゆくのんか見ておればふいに後悔は来る

黄濁のトウモロコシを茹でており正しさでひとを責めてしまった

ドクダミはことごとく花消えゆきて昼のビールをひとり飲みたり

靫公園（うつぼこうえん）

雨やみて裸身のような水たまり広がりており公園に入る

靫公園を借景とする店。

マサラチャイ飲みし窓辺の風景からモンシロチョウが出でてゆきたり

勇者の像がある。

みうしなうものばかりなり公園の勇者の頬に雨水たまりぬ

輝きをまるくとじこめ紫陽花はさきほどの雨に濡れておりたり

空に咲くものと地に触れ咲くものと心のかずの紫陽花がある

あじさいの冷えいる靱公園に帽子の鍔をすこしさげたり

あなうらに力をこめることもなく靫公園に母子像は立つ

母は乳母車をひいている。

紫陽花は小さくなりてなお青く夏の夕べの風をうけおり

薔薇園には噴水がある。

噴水はとつぜん止まり濃紺のＴシャツを着たひとがたたずむ

ベンチに座っていると色んな虫と出会う。

ひだまりの石へかすかに触れているモンシロチョウの翅脈は見えつ

飛蝗からみればわたしは巨大なり眼から涙を流したりして

夏空がひろらひろらと広がって鳶はみずからの身体ささえる

あとがき

一ヶ月ほど入院して手術をした。危ない情態だったそうだが危機感はほとんどなかった。なんということか。

第五歌集『声を聞きたい』から時間をあまりおかずに歌集をまとめようとおもったのも、そんな鈍感さゆえの我が儘なのだろう。

編集の田島安江さんにはたいへんお世話になった。ありがとうございました。打合せをしながら、どんな歌にも居場所はあるのだと感じることができたことは幸せなことだった。

いつも歌会や紙上で歌を読み合うひとたち、ありがとう。そして私を楽しくしてくれる大切なひとたちにもありがとう。

二〇一五年九月二十八日

スーパームーンを眺めながら　　江戸　雪

■著者略歴

江戸 雪（えど・ゆき）

1966年大阪府高槻市生まれ。神戸女学院大学文学部卒業。
歌集は『百合オイル』、『椿夜』（咲くやこの花賞文芸部門受賞、ながらみ現代短歌賞受賞）『Ｄｏｏｒ』『駒鳥（ロビン）』『声をききたい』。
そのほか、入門書『今日から歌人！』など。「塔」短歌会所属。近畿大学非常勤講師。

Twitter：@edoyuki1212

Facebook：https://www.facebook.com/edosnow

塔21世紀叢書第281篇

「現代歌人シリーズ」ホームページ　http://www.shintanka.com/gendai

現代歌人シリーズ8

昼の夢の終わり

二〇一五年十一月二十六日　第一刷発行

著　者　江戸 雪

発行者　田島 安江

発行所　書肆侃侃房（しょしかんかんぼう）

〒八一〇・〇〇四一

福岡市中央区大名二・八・十八・五〇一

（システムクリエート内）

TEL：〇九二・七三五・二八〇二

FAX：〇九二・七三五・二七九二

http://www.kankanbou.com　info@kankanbou.com

ＤＴＰ　黒木 留実（書肆侃侃房）

印刷・製本　アロー印刷株式会社

ISBN978-4-86385-205-1　C0092

現代歌人シリーズ 既刊

現代短歌とは何か。前衛短歌を継走するニューウェーブからポスト・ニューウェーブ、さらに、まだ名づけられていない世代まで、現代短歌は確かに生き続けている。彼らはいま、何を考え、どこに向かおうとしているのか……。このシリーズは、縁あって出会った現代歌人による「詩歌の未来」のための饗宴である。

1. 海、悲歌、夏の雫など

千葉 聡

海は海
唇嚙んで
ダッシュする
少年がいても
いなくても海

四六判変形／並製／144ページ
定価：本体 1,900 円＋税
ISBN978-4-86385-178-8

2. 耳ふたひら

松村由利子

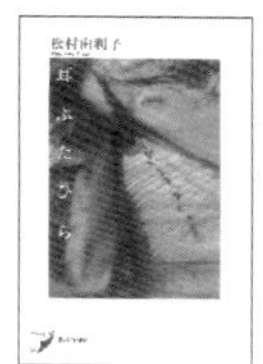

耳ふたひら
海へ流しに
ゆく月夜
鯨のうたを
聞かせんとして

四六判変形／並製／160ページ
定価：本体 2,000 円＋税
ISBN978-4-86385-179-5

3. 念力ろまん

笹 公人

雨ふれば
人魚が駄菓子を
くれた日を
語りてくれし
パナマ帽の祖父

四六判変形／並製／176ページ
定価：本体 2,100 円＋税
ISBN978-4-86385-183-2

4. モーヴ色のあめふる

佐藤弓生

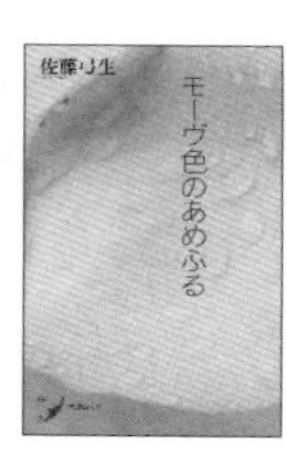

四六判変形／並製／160ページ
定価：本体 2,000 円＋税
ISBN978-4-86385-187-0

ふる雨に
こころ打たるる
よろこびを
知らぬみずうみ
皮膚をもたねば

5. ビットとデシベル

フラワーしげる

四六判変形／並製／176ページ
定価：本体 2,100 円＋税
ISBN978-4-86385-190-0

おれか
おれはおまえの
存在しない弟だ
ルルとパブロンで
できた獣だ

6. 暮れてゆくバッハ

岡井 隆

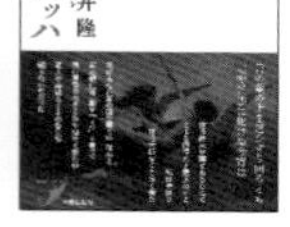

四六判変形／並製／176ページ
（カラー16ページ）
定価：本体 2,200 円＋税
ISBN978-4-86385-192-4

言の葉の
上を這いずり回るとも
一語さへ蝶に
化けぬ今宵は

7. 光のひび

駒田晶子

四六判変形／並製／144ページ
定価：本体 1,900 円＋税
ISBN978-4-86385-204-4

なかなかに
引き抜きにくい
釘抜けぬまま
ぬけぬけと
都市の明るし

以下続刊